U0094772

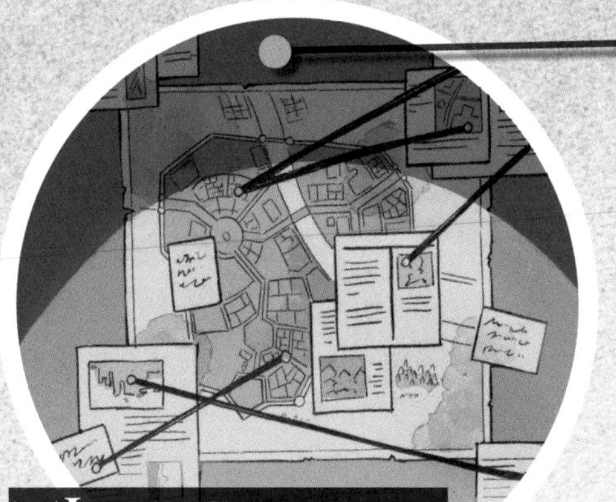

The Great Sorcery Investigation

The Second Secret File

Contents

Debussy Family

Eugene BlackSmith

Doki Wartracker

小道

Adolf Cooper

Patrick Price

Shawn Fleck

Rhonda Randolph 蘭多夫

50%
60L

20%
42.5L

Weasel

Grant Family

X not family

正史外的小小花絮

Tiny Tidbits Erased from the Official History

在原案陳浩基提出性轉的希望之前，雅迪和露西的人物設定也有論戰過，大家喜歡哪種呢？（第一本別冊有確定版本！）

路希走「四個姊姊的弟弟」前有另一種設定，如果採用這個，
和雅迪的相處就會變成「紳士騎士與軟爛千金」路線，而不是現在的歡喜冤家。
如今想像起來好像也不錯。

Gallery

Gallery

Gallery

賀
千週年快樂

原案「大魔法搜查線」的世界史

這邊是原作小說設定
漫畫版以此為基礎改編～

Fun Facts You Didn't Need to Know (But Are Glad You Do!)

From 陳浩基

世界史

三十年前，一向居於岡瓦納大陸的魔族突然向勞古亞大陸發動侵略，由魔王格因帶領，先攻陷了龐米亞王國和卡邦萊弗王國，於迪伏列與多國聯軍激戰。奧多維斯亞的祭司從預言中得到啟示，在甘布尼亞年輕的國王維爾沙十一世指示下，組成了魔王討伐小隊，從大陸北部偷襲，暗殺魔王格因。

由聖騎士（勇者）萊特．海明頓、精靈族魔法師亞姆拉斯．尼因哈瑪、矮人戰士斯巴、僧侶菲爾布特、女劍客海迪．馬菲士組成的五人小組，在各國軍隊協助下，成功衝進魔王所在的龐米亞王宮，殺死格因。魔族失去首領，潰不成軍，在保守派的首領、格因的弟弟摩因的協商下，與勞古亞聯軍達成協議，無條件投降，退回岡瓦納大陸。自此世界進入和平時代。

大戰過後，人類和精靈族普遍敵視魔族，但大戰亦促進了雙方交流。大戰過後有部分地區出現人類與魔族的交往（例如帕加馬鎮），可是只屬於小部份。

劍與魔法的筆記

這個世界的職業和種族繁多，但任何人都只能劃分成三類之一——普通人、戰士與魔法使（雅迪註：魔法使更多資訊請見上一本別冊筆記）。戰士和魔法使有等級制度，各國戰士公會和魔法使公會都有一套檢查考核，可是純粹參考用而已（例如考警察、侍衛、軍人的資格證明或炫耀）。

現在也沒有變身、隱身、召喚惡魔、瞬間轉移、隔空取物等魔法。善用風魔

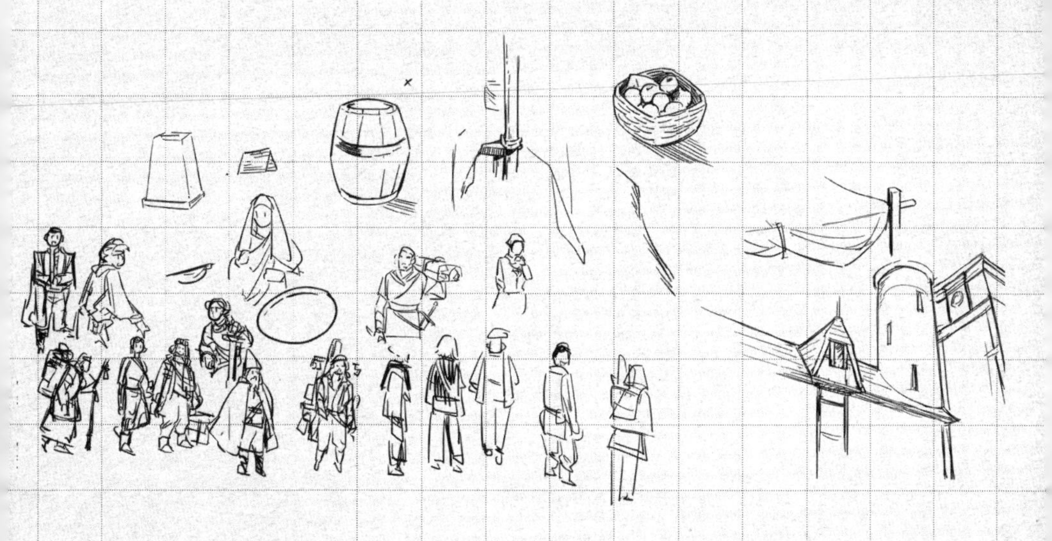

法可以浮空，但難以控制，只有笨蛋和超高強的魔法使才會嘗試喔。（用風讓自己飛上天不難，難在如何控制降落，以防自己摔斷腿）。

戰士：能操縱鬥氣的人。鬥氣是一種凌駕於體力的能量，戰士能利用鬥氣，使武器揮動時產生比光用體力更強大的威力。高等級的戰士甚至能讓鬥氣透過武器發出，甚至徒手形成劍刃。

魔法使：不一定沒有體力。不少懂得光魔法的僧侶，雖然沒有鬥氣，但利用體力彌補，在大戰時擔任了前線醫護的要職，必要時帶著大鎚或流星鎚殺敵。

普通人：一般人，沒有特殊能力，但可以透過學習，鍛鍊鬥氣或魔法力。不過擁有鬥氣的人無法擁有魔法力，反之亦然。現代唯一例外是擊倒魔王的聖騎士，同時能操縱鬥氣和六系魔法，被譽為天才中的天才、人類的奇蹟～

※魔法道具／裝備

攻擊系：沒有道具可以增加鬥氣，但有魔法增幅道具和裝備。魔法使通常會使用（對戰士無用，因為身上無魔法力）。

防禦系：一般盔甲可以抵禦鬥氣的攻擊，也有減低敵人發出的魔法傷害的魔法石。戰士或魔法使甚至普通人均能使用。

奇幻種族

Fantasy Races

魔族

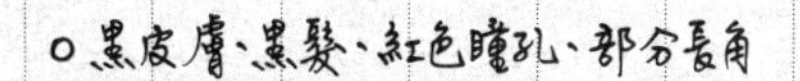

○ 黑皮膚、黑髮、紅色瞳孔、部分長角

○ 無耳或耳朵長在頭顱上方

○ 無耳的話對應的位置會有耳孔

○ 大部分是黑衣，不分男女喜歡用寶石裝飾

○ 體型異大，從巨人到半身人都有

Little Tidbits About Count Vermilion

弗雷克舊宅

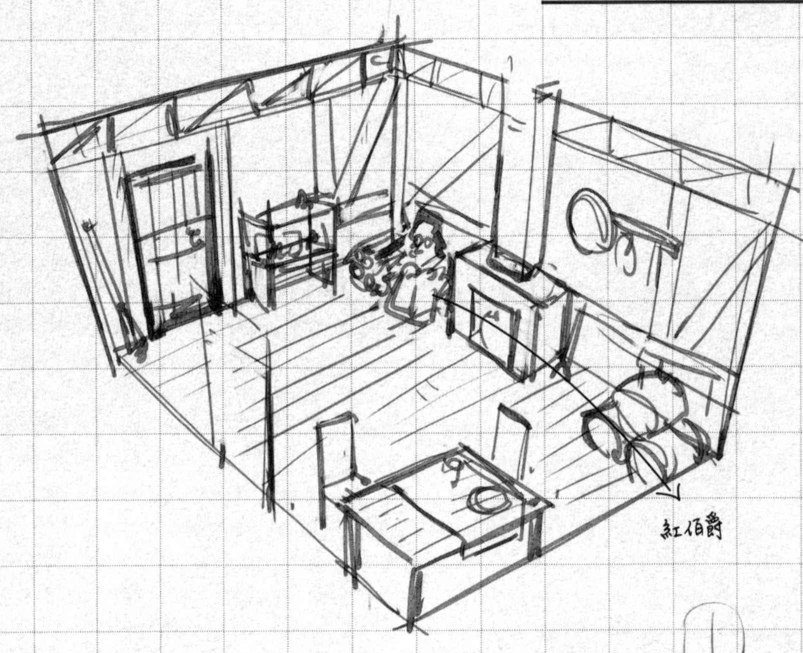

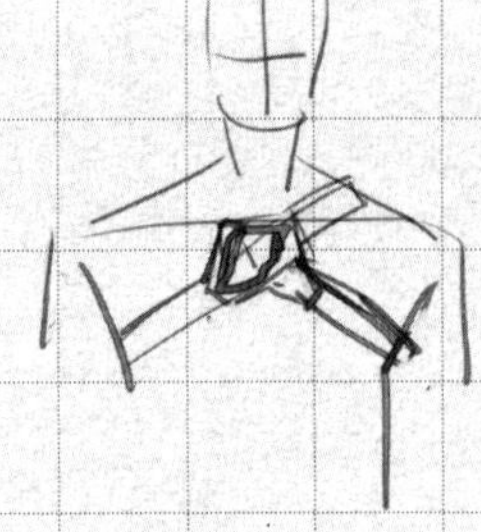

龍結晶

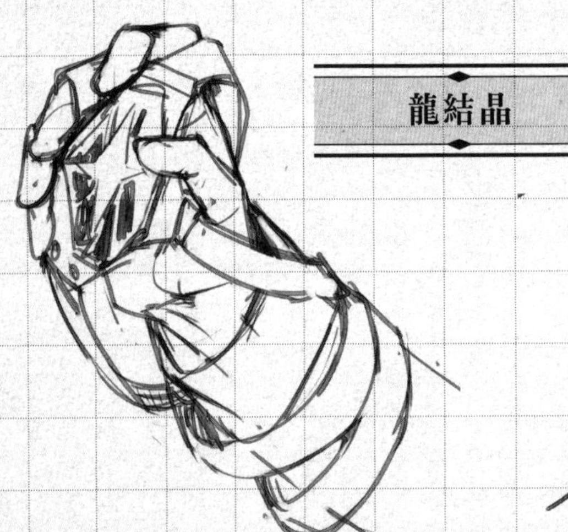

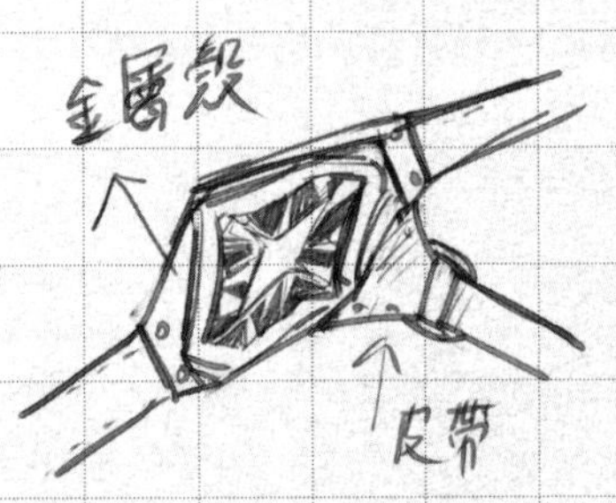

The Songstress's Concert
試管跟緞帶組成
試管內藥水
可配製應援色？
纏在手上使用的樣子
螢光棒
傳播聲波的
風屬性結晶
麥克風

蜥蜴人駝車

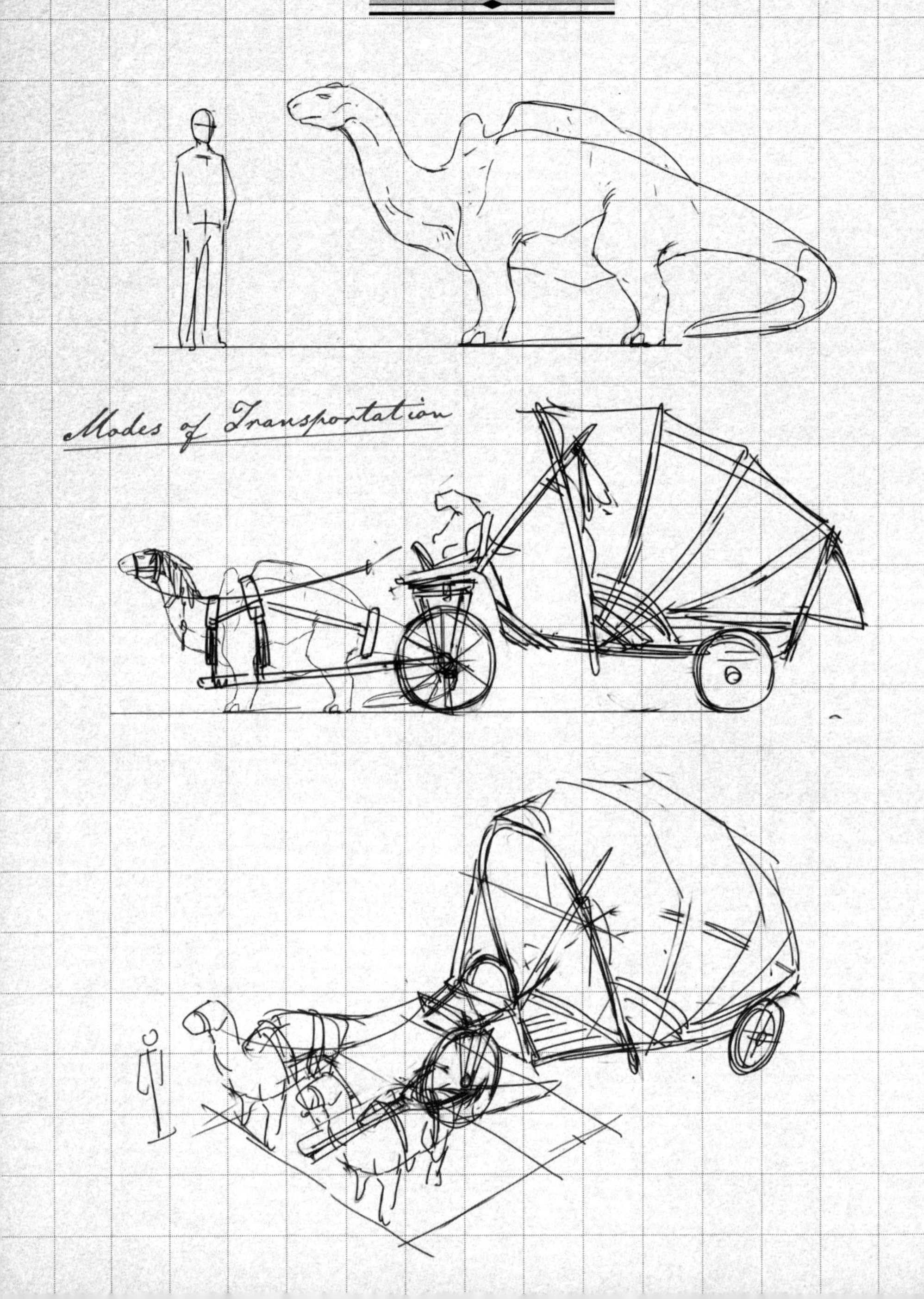

黑白推理舞台

The Stage for Unveiling the Truth!

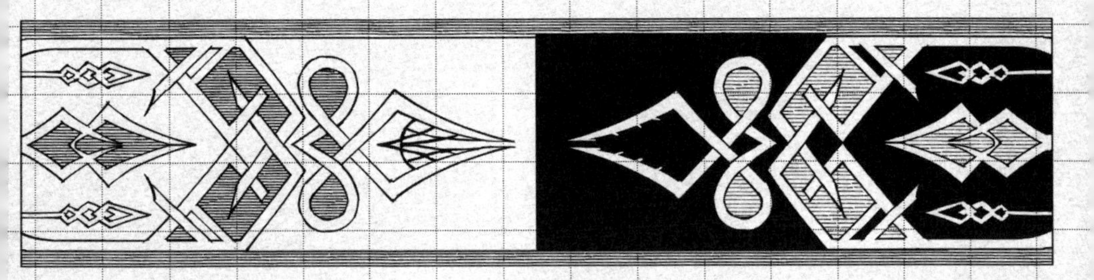

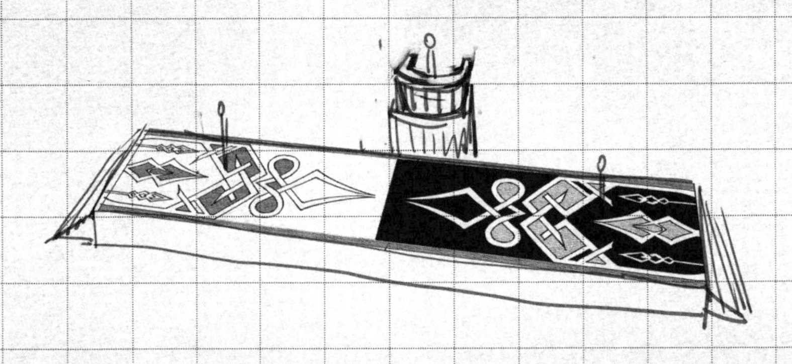

漫畫助手：善君的痕跡

The Art Space of the Manga Assistant
卯咪可愛

Hidden Blunders

啾

因為出現 BUG 所以不能用，
但弗雷克畫張帥，
有點想給讀看看

張帥吧～
（漫畫第五回最後一頁）

Let's Keep This
Adventure Alive!

We hope this journey
never ends—

NOT FOR SALE.

大魔法搜查線 RESET

霖羯

陳浩基 原案

王立帕加馬鎮警察署 第二分局成員

雅迪妮絲・德布西

Ardiles Debussy

警長，體質異常，雖六屬魔法皆可使用，但很弱。心懷著躺平志向，卻被神祕人物丟到萬事科二局。正被捲入麻煩事，心很累。

路希安・因格朗

Luthien Inglorion

副警長，兒時曾被綁架，被尤金救出後由精靈家族收養。崇拜尤金而當上警察，行事衝動，嫉惡如仇。

人物介紹

王立帕加馬鎮警察署 第一分局成員

肖恩•弗雷克

Shawn Fleck

一局局長，強大的人類魔法師，擅長冰魔法，人稱「霜棘」。家族成員皆被紅伯爵所殺。

朗達•蘭多夫

Rhonda Randolph

弗雷克的部下，很崇拜上司。對罪犯極其凶惡，皮鞭是她的招牌。

紅伯爵（追捕中）

Count Vermilion

身分不明的六指連續殺人魔。總是用混合暗魔法的火魔法把人燒成焦炭。

王立帕加馬鎮警察署 第二分局成員

尤金•布力克史密斯

Eugene BlackSmith

警長，綽號大師，警局最資深也最被敬重的成員。

亞杜夫•古巴

Adolf Cooper

萬事科科長，乍看甩鍋王，但其實非常八面玲瓏。

愛達•戈登•拜倫

Ada Gordon Byron

甘布尼亞王國的國民歌姬，半精靈。擁有宏亮的歌聲，深受全民喜愛。預計將在收穫祭歌唱。

CONTENTS

FILE:13
審判

八年前——
紅伯爵終於被捕了。
但我這裡的工作才要開始。
絕對是死刑，沒什麼好說的！
你忘記79號條款了嗎？唯獨死刑是不可能的。
所以總督大人才該站出來啊！
帕加馬現任總督
梅納男爵

和大赦一樣，這種特例直接用特別命令處死才是眾望所歸！
說什麼蠢話！
你是想表達只要是「特例」，
總督就可以繞過法律把與民眾的約定當放屁嗎！
現在民眾都巴不得他死，誰還管這麼多！
你這個沒有法治素養的野猴子，
別以為市民和你同個水準！
你說什麼？
夠了！
殺不殺紅伯爵不是重點，
如果不想留下後患，
這件事的處理不能只聽一方意見。

讓所有法官組成審判團——
發放公告，
讓市民自己選出代理人加入審判團。
審理地點就在露天歌劇院，要盡可能讓更多的市民來旁聽。

「天災」的終局，
帕加馬公民一同見證。

被告，請說出你的真實姓名。
麥坎·史坦尼·沃伊特
大法官
呵呵……
你被指控謀殺總計二十八人。
有什麼抗辯嗎？
嘻嘻嘻……
嘿嘿……
屍體…統統變成屍體……

你到底是誰？
從哪來的？

天空、
海洋、
森林。

為什麼殺人？

哈哈哈…
屍體…
全部都屍體…
統統化為焦炭…
哈哈哈哈哈…

為什麼在現場
留下笑臉？
笑臉⋯
呵呵。
傑特最喜歡笑臉。
傑特最最喜歡
笑臉了。
傑特是誰？

傑特是誰？

傑特
砝
!!
是誰?

傑特
是誰？
咚咚
休庭！

聽聞他是瘋子，沒想到瘋到這個地步。
毫無爭議空間了。
所以才難辦啊。
戰後復興條款第79項協議——
「帕加馬民眾不再認同死刑是文明政府應該執行的合法刑罰。」
在那之後，重刑犯一直都是紋面和流放……
三位代理法官有何看法？
這次不能流放了吧？
放走那種傢伙是縱虎歸山。
禾特拉卡家族現任族長
魔力抑制手銬是消耗品。
兩天就要換一副。我們拖愈久，風險愈高。
魔法公會長老維亞娜·赫拉達女士

總督大人，您的看法如何？
沒想到我自己也會被選上。
想避嫌都沒辦法
第79項協議正是我父親簽署通過。
他對此十分驕傲。
當年在戰爭的絕境中，我們犯下太多「必要之惡」。
但事後證實，那只是對自身惡念的放縱與便宜行事。
我想維護當年市民的決心。
但問題是——
如今市民還有過去的決心嗎？
無論如何，都不能是政府打破約定。

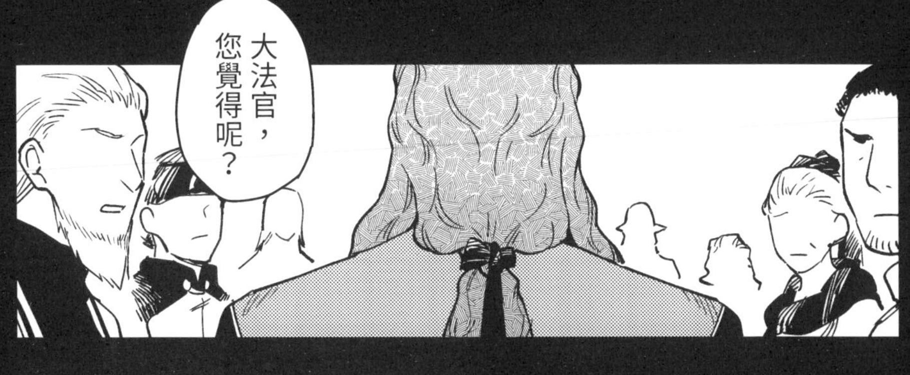
大法官，您覺得呢？

我也不贊成死刑。

紅伯爵——是徹頭徹尾的瘋子。
殺死瘋子，不是懲罰，也沒有正義。
如同總督大人所言，只是便宜行事。

那就只有羈押一途了。

接下來的問題是，
如何讓民眾接受我們的結論。

交頭接耳
交頭接耳
本人——代理法官紐亞娜·赫拉達，
代表審判團宣讀紅伯爵一案的判決。
被告紅伯爵，因二十八條殺人罪，
判處無期徒刑，不得假釋。
他會被禁咒法剝奪所有魔力，在黑木監獄服刑。

我們知道，
這個結果不會
讓所有人滿意。
但是，處死沒有
理性和悔改能力
的瘋子。
我們也確實
考慮過死刑。
讓凶手得到應得
的懲罰是法律存在
的目的之一。
這決定並非
出自憐憫。

算不上懲罰。
相反的，
此人沒有資格用自身一條命彌補二十八位帕加馬公民失去的人生。
他將作為活生生的警告，絕望地在監獄渡過餘生。
死亡不足以贖此人的罪。

剝奪包括死亡在內的一切自由，
這就是帕加馬給惡人的末路。

你不用押送紅伯爵嗎？
接下來會由法師公會的長老接手。
當英雄真辛苦，這下終於可以等升官了吧？
哈，若能選擇，我不是很想當英雄啊。
說真的，你會不會⋯有那麼一瞬間，
覺得在戰鬥中，
殺死紅伯爵就好了？

都結束了。
約翰遜，
不要再想了。

這是…

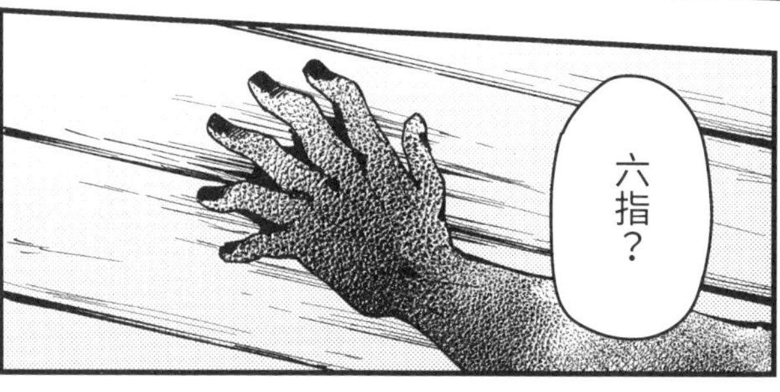
六指？

如你所想，這具屍體就是紅伯爵。

至於米切爾——

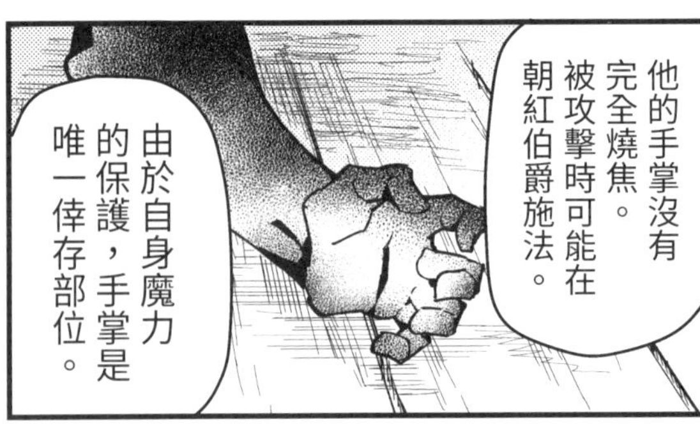
他的手掌沒有完全燒焦。被攻擊時可能在朝紅伯爵施法。
由於自身魔力的保護，手掌是唯一倖存部位。

可是紅伯爵是很強的火魔法使。
會這麼容易被火燒死嗎？
看那裡。

他的屍體附近有魔爆石。

紅伯爵如果將存有自己魔力的魔爆石帶在身上，
又碰巧被米切爾的魔法引爆…

那為什麼會在這裡…
這座小屋位在貧民區的隱匿處。應該是米切爾的祕密基地。
這個藏身處，對紅伯爵很方便。他也許發現這裡。
又或者兩人本來有合作卻反目。
現場還有很多旁門左道的魔法書和魔道具。
要是德布西警長沒有救出歌姬，恐怕會被帶到這裡處刑吧。
但真相已經無從知曉了。

凶手死了。
案子結束了。

大魔法

RESET

搜查線

什麼風把你們吹來的？
還是早上呢。

年輕人一大早就無精打采。古巴乾脆宣布放假。
比我還沒幹勁那我怎麼辦…啊不是！
不想工作就去把假用掉！
大師你精神也沒有很好吧。

聽說找到紅伯爵的遺體了？
嗯…

我小時候在社會課讀到紅伯爵的判決時，
覺得荒謬至極。

那些高高在上的法官、學者只會說些漂亮話。

他們懂家破人亡嗎？
憑什麼認定「人性」？

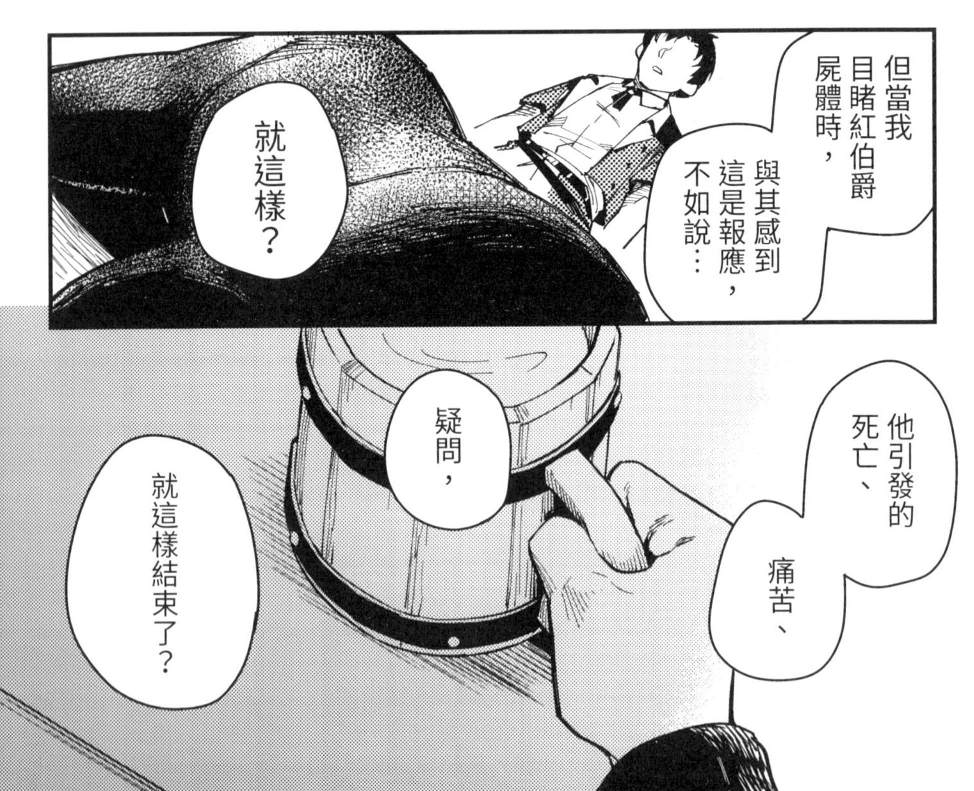
但當我目睹紅伯爵屍體時，
與其感到這是報應，不如說…
就這樣？
他引發的死亡、
痛苦、
疑問，
就這樣結束了？

可惡，我不會講啦。
紅伯爵…
到底怎麼逃獄的？
那你呢？你就是新來的警長吧？
嗯。
現在問這個有意義嗎？
這件事一開始就不對勁啊！
如果封印有效，他怎麼恢復魔力？
如果失效，他為什麼不殺出監獄？
既然他有逃獄能力，為什麼不逃出帕加馬？
反而不到一天就在超顯眼的地方殺人？

紅伯爵是瘋子啊，無法常理判斷吧。
那也該有個底線啊！

對了，你們不是在找總督的貓？有人在南方花園見過小白。
真的？

我去看看。
叮鈴～
克拉拉是南帕加馬消息最靈通的線人。

說不定有意外收穫喔。
年輕人別大白天喝悶酒了，到西邊市集逛逛如何？

真的來了。
沒辦法，沒酒可喝了。

但他的情報通常都很準，四處繞繞吧。
呦！帥哥美女出來玩啊！是情侶嗎？
要不要買一對？
保證情深意濃天長地久！
紅烈鶴會啄死配偶餵小孩。
還情深意濃咧。
還有前肢位置錯了。

?
沒事。

入職第一個大案，感覺如何？
你是說，後山遇龍、
歌姬被綁架、
還是連環殺人案？
更正，四天內碰到十年分大案。
這個嘛。
過程不算完美。
但我終於可以抬頭挺胸說自己是警察了。

出現了。
克拉拉的禮物。
來呦來呦看過來呦！
小店武器裝備件件珍品！
哇～品質真不錯。
您真內行！女性用的輕型武器也不少喔！
種類好多，哪裡進貨的？
不瞞您說，有進帕加馬的貨沒有我拿不到的。

是約翰遜武器店、
安德烈防具店、
還是山羊之茅呢？
咔啦☆
咔啦

副警長！好、好久不見啊。

想去哪啊
小貓咪
咿！

大師已經回來啦？
雜務還是得有人做。

哎呀？

這不是
黃鼠狼嗎？

他就是那個
竊盜慣犯？
對，他上批
贓物到現在
還沒歸檔完。
請參考 FILE 1

老實交代！
這次從哪裡
偷來的？
這批都是
規規矩矩
進貨的！
真的！

你知道我終究
查得出來吧？
我警告你，
現在局裡大家
都很不爽，
你還想
增加我們
工作量？
不想好手好腳
出去了嗎？
抗議！
嚴刑逼供！
警察打人！
他一直都
那樣審訊嗎？
今天暴躁了點
才一點？

這把斧頭明顯是國外進口吧？
你的貿易許可證呢？
是不是想逃稅和走私啊？
叩叩
我信你個鬼。
不不不不不是，這是撿到的。

真的啦！
物主都死了，當然是撿的！
你把他弄哭了
怪我!?
冤枉啊大人
我真的沒殺人。
哇——
殺人越貨啊。
真的要吃一輩子牢飯了
我沒有！

這不是奧多維斯亞的山區矮人戰斧？
好—大
沒錯沒錯！警長您真識貨！
哪裡撿到的？青蛙旅館？
噯，警長您怎麼知道？

嗯？

碰

說清楚。

是…
??

FILE:14

最後的拼圖

怎麼說呢…我盯上…注意那個魔族商人很久了。
他好像總有門路從奧多維斯亞進便宜的貨。
尤其他那天帶的斧頭，絕對是好貨。
於是我跟著他到下榻的旅館。呃，想談生意。
我一直等到他房間的燈暗下來。
暗下來才能談生意？

總之不知過了多久，他房間突然發出閃光。
還兩次。
接著…

？

真的！人不是我殺的!!
我太害怕，就逃走了！
帶著斧頭？
……對。
你看見有人出來，但沒看見有人從窗戶進去嗎？
完全沒有。

不對啊，那紅伯爵怎麼進去？
提前躲在房間？
不，紅伯爵都是隨機犯案。
他絕對不會預謀。

不是說他是瘋子，行動無法預測嗎？
我今天就想殺得複雜點
不是這樣。無法預測就是字面上的意思。

我有旁聽審判，
紅伯爵的「瘋」不單是異於常人的意思。
他腦袋根本有問題，完全無法進行有邏輯的對話。
很難想像他為了特定目標，訂出計畫行動。

咦？
那為什麼潘恩獄長死在會堂大樓？
這有問題嗎？
我以為紅伯爵是對獄長復仇。把他騙過去或棄屍在那裡。
但既然紅伯爵不會「計畫」，難道他們是恰巧同時出現在會堂？
巧過頭了吧
這…
不好意思——
你們說的紅伯爵，是那個有名的連續殺人犯嗎？

沒你的事，不要多嘴！
啪
反對暴力！
我被虐待了！我要找律師！行使緘默權！
別鬧！
黃鼠狼，這把戰斧特別在哪？
喔喔！警長大人也有興趣嗎？
這把戰斧柄太短，平衡性又差。
感覺就很難揮
奧多維斯亞山區矮人難得做出瑕疵品，所以很珍貴？
呸呸呸！你這外行人少胡說八道！

沒沒沒有啦⋯⋯我是說，
矮人武器，
人類看不出門道很正常啦。
矮人愛用短小靈巧的單手戰斧。
你們看到這麼大的刃刃，
就以為是給人類這種身材用的長柄戰斧吧？
叭叭——
錯啦！
心高氣傲的奧多維斯亞矮人，
才不會為矮人以外的種族做戰斧呢！

這把武器是為了天賦異稟的強壯矮人所製造的，
能像傳說的矮人戰士斯巴那樣揮舞的──
單手巨斧啊！

雖然是給矮人用的，但在強壯的人類和魔族中也很有人氣。
能流通出來的寶物可是少之又少……
這玩意用單手揮？
別亂試，小心受傷。

各位！
如此一來，凶手不就是……
可是，為什麼？
我找到小白了！
喵～
恭喜
辛苦了
哇這是巨斧嗎？好酷喔

等等，這是小「白」？
對喔，你沒見過。

他的名字來自鼻子上方的白色斑紋。

雅迪!?

波莫老伯！

圖鑑在哪裡？
什麼圖鑑？
龍的！還有那個魔法石的！

……
叫小白的黑貓……
閃芒霍薩這個名字，可是我從魔王那裡得到最滿意的報酬！
如果那個人實際上……

龍結晶
已知最強大的魔法增幅石。
是上位魔龍的心臟核心。
條件已備

回來得真是時候
這樣小白會生氣喔

我需要大家的幫助。

收穫祭終幕——
總督府晚宴
……基於上述理由，
我在此宣布，贈予愛達・戈登・拜倫小姐——
帕加馬鎮榮譽公民的頭銜。
啪
啪
啪
啪

恭喜你，愛達小姐。
謝謝大家，這是我的榮幸。
恭喜。

愛達小姐!!

請讓我代表全體獵人公會向您致歉！
唉我就知道米切爾那傢伙不對勁，他竟敢如此膽大包天！
要是您有三長兩短，我可成了全大陸的罪人啦！

幸好弗雷克局長也在，才沒讓那狼心狗肺的東西得手。
很遺憾，我沒幫上任何忙。
哎呀您太謙虛了。
就是您在場，那賊人才不敢太囂張。

聽說是位年輕警長救了您。
難道不是弗雷克局長的部下嗎？
是我的部下！
他是二局德布西警長。
他給了我許多勇氣和幫助。
是我的部下喔！
是嗎？
我有點想見見這位德布西警長了。
執行公務！

王立帕加馬鎮警署第二分局魔法罪行及嚴重罪案科暨內務二課兼人事科——
執行重要任務！
是誰？這麼放肆！
窩窩偶我們的警長有要事稟報！

總督大人。
在下雅迪妮絲・德布西，為了諸位安全，打擾這場宴會實屬迫不得已。
派斯，這就是你部下？
這⋯
德布西警長，你最好給出合理的理由。
是。
四天殺害五人的連環殺手，已經潛入會場。

你說什麼？
難道說……
帕加馬的恐懼、
無名焚風、
行動天災，
沒錯，總督大人。
帶走足足三十三條人命的連環殺人凶手——

紅伯爵——

就在我們之中!!

不是已經解決紅伯爵了嗎？
我是這麼認為的。
你有證據嗎？
竊竊私語
是的。請允許我從最初的疑點開始陳述。
紅伯爵究竟怎麼逃獄？

假設他魔力恢復了，逃獄時為何沒有造成任何人員傷亡？
假設沒有恢復，他又怎麼在半天內找回魔力？
在此，我要提出第三個假設。
紅伯爵是被人帶出去的。

有人劫獄？獄長偕同一局的人徹查過監獄。
沒有發現有內應或外人闖入的痕跡。
這是當然。因為將紅伯爵帶出去的——
就是潘恩獄長本人。

胡說八道！
潘恩缺點不少，但他絕非徇私枉法之人！
黑木監獄在他管理下從未出現紀律問題，遑論私縱殺人犯！

您說得對。
我也認為潘恩獄長是對法律有使命感和驕傲的人。

所以如果有人告訴獄長——
「紅伯爵背後有主使者」會如何？
紅伯爵身上還有太多未解謎團，
認為他背後有藏鏡人並非是毫無根據的想法。

我們見獄長時，他對紅伯爵失蹤表現得很冷靜。
可推測當時紅伯爵的魔力沒有恢復跡象。
真凶說服獄長，將人交給他祕密調查。
然後演出紅伯爵逃獄的戲碼。
之後，真凶就可以假借紅伯爵的手法執行他的殺人計畫。
你想說所有事件都是預謀殺人？
第一個死者可是路邊的流浪漢啊。
沒錯。

無法
查到關係人、
舉目無親的
流浪漢。
沒有比這更好的
障眼法了。
這個人的死，
只因為凶手想讓
事件「看起來像」
隨機殺人。
它成功隱藏住
凶手真正的目標。
第二個死者——
反獵聯盟的
龐馬先生。

我們今早抓到一個竊賊，
他從青蛙旅館的案發現場偷走死者遺物。
他為了行竊，監視被害者房間整晚。
他目擊到逃走的凶手，但沒見到任何人從窗戶潛入。
旅館也作證，商人薩伊的訪客只有當晚一名穿斗篷的人。
那只能說明，紅伯爵從白天就計畫躲在被害者房裡了吧？
例如那個衣櫃
這就很怪了。
總督閣下，
您是當年審判紅伯爵的法官。

您認為——
紅伯爵有能力「計畫殺人」嗎？
不，
他是個毫無理性的怪物。
沒錯。紅伯爵從不會計畫性伏擊某人。
打從一開始，
藏在房間的就不是紅伯爵——

而是龐馬先生的屍體！
!!

凶手先在別處殺死龐馬先生。
時間點恐怕在風信子會堂的示威活動後。

他趁白天薩伊在市場時將屍體藏入房間。

等晚上，拜訪薩伊時將他殺害。
再拖出事先藏好的屍體一併燒毀。
就可以營造兩人一起被紅伯爵燒死的假象。
為什麼如此大費周章…
這和真凶的動機有關。

反獵同盟領袖在抗議進行得如火如荼時慘遭殺害，
只會讓群眾的憤努更加猛烈，這對凶手來說是本末倒置。

他要精心安排龐馬先生的死亡。
使他涉入魔族的可疑交易中，
讓他的人生沾上不名譽的汙點。
那麼潘恩獄長……
正如您所想。
獄長是被凶手滅口的。

警方再怎麼封鎖紅伯爵的消息，也不可能瞞過獄長。
他聽聞青蛙旅館事件後和凶手對峙，卻被殺害。
時間就在演唱會之前。

演唱會前？獄長有出現在會場喔。
誰實際在會場見過獄長？

這…
獄長的馬車呢？
侍從呢？

就像米切爾散布會場有危險物品的謠言，
獄長到達會場——這是凶手刻意放出的假消息。

凶手得手後，為了要讓整件事落幕，紅伯爵非死不可。
若紅伯爵被活捉，魔力並未恢復一事就會曝光。
凶手可能計畫在會場製造騷動，演出紅伯爵殺死獄長後失控自毀的戲碼。
但意外發生了。

綁架……
沒錯。
米切爾的行動，給凶手一個更有說服力的劇本！
雖然我不清楚凶手怎麼知道米切爾藏身處。
但根據真凶動機，他很可能和獵人公會利益匪淺。
要摸清成員底細並不難。

總之他將紅伯爵帶到小屋，連同米切爾一起除掉，
再設置魔爆石讓屋子著火。
這樣一來米切爾和紅伯爵互鬥而亡的戲碼就落幕了。

獵人公會的利益…
知道成員底細…

不、不是我！我什麼都不知道！

龐馬死了，
會長會得利。
但真凶必須說服獄長放走紅伯爵。
會長恐怕沒這牌面。
可以得到潘恩獄長信任、
和獵人公會關係密切且能掌控消息，
可以監視市場魔族商人動向、
符合上述所有條件的人──

什麼!?
不會吧!
太荒謬了!

弗雷克局長。
你，就是紅伯爵！

弗雷克局長…
是紅伯爵？
德布西警長！
你可知這項指控有多荒謬？
FILE:15
偵探與凶手的圓舞曲

請息怒，閣下。
德布西警長剛調來帕加馬。
恐怕對我不太了解，才會被一些資訊誤導。
肖恩・弗雷克局長，
奧多維斯亞的移民。
八年前雙親與妹妹遭紅伯爵所害。
曾與家人一同討伐魔龍赤焰亨吉斯特。
之後用擅長的冰魔法逮捕紅伯爵，
是帕加馬的英雄。
以上。
還有什麼是我這個外來警長需要知道的嗎？
……

那就讓我們再回到青蛙旅館這個案件上吧。
這就是竊賊從案發現場偷走的遺物。
總督閣下，若我告訴您這是「奧多維斯亞山區矮人戰斧」，
您覺得如何？
嗯？
這確實是奧多維斯亞矮人的工藝……
等等，

這個柄與刃的比例……
是「巨斧」。
不愧是長年征戰沙場的總督閣下。
就連物主——那個被殺的魔族商人都將其稱呼為戰斧，
然而弗雷克局長和我一起調查時，
他是這麼說——
矮人的巨斧對法師來說也只是累贅而已啊。

弗雷克局長，
請問您究竟是何時、
何地、
看到這把在案發後馬上被偷走的斧頭？
……
原來如此。

抱歉讓你誤會了。
我對戰士的武器不熟，
直覺認為矮人打造出的，都是戰士斯巴所持的那種巨斧。
你的理由是「不知道普通矮人都拿什麼斧頭」？
畢竟我是個魔法使，隔行如隔山。
就算你故鄉的矮人其實很少在打造巨斧？
就算是我，也不可能清楚故鄉所有特產吧？

反倒是你，德布西警長。
踏
隆隆隆⋯
隆隆隆⋯

特地在這麼多人面前指控我——
應該有比這種程度的口誤更好的理由吧？

當然。
叮

我們接著來說風信子會堂的案件吧。
布置好「紅伯爵殺害獄長後自毀」這幅場景的凶手，
需要有搬運兩名成年男性的手段。
米切爾逃走後，弗雷克局長立刻驅車離開。
你那自豪的特大儲物箱，
塞兩個人應該不難吧。

真是
聽不下去了。
就是二局的
辦案風格？
抓人語病又拿
私人興趣說嘴，
別急，
我還要找他
戰鬥方式的
碴呢。
!!

根據局長推測，
米切爾反擊時用火魔法，變相用自己的魔力保護雙手不被燒焦。
Llama..
但我們都知道，紅伯爵會燒毀發聲器官。
無法念咒的米切爾真的有能力回擊紅伯爵嗎？
有問題嗎？也許紅伯爵打歪了啊。
他若會犯這種低級錯誤，哪會這麼難抓？
回想紅伯爵被逮捕時的新聞吧。
弗雷克局長冰封了紅伯爵的手腳，使其失去反抗能力。

不管鬥氣還是魔法，大都得由雙手放出。
這對冰魔法使來說確實是很棒的戰略呢。
米切爾的雙手之所以沒燒焦，
就是被你凍住了！
你的推論——
米切爾打中紅伯爵身上的魔爆石。這件事並不合理。
紅伯爵會用魔道具儲存魔力嗎？
他可是那個「沒有理性」的紅伯爵喔？
反觀米切爾才有使用魔爆石的前例。

可見米切爾的手是意外的失誤。
導致你只能臨時想出滿是破綻的說詞。
說到底，你的推理就跟我對米切爾的推論一樣，
都是臆測罷了。
而且你是不是忘記一個最基本的事實了？

我可是個冰魔法使喔？
依你推論，凶手冰封米切爾的手再燒死他，
不就代表凶手能同時使用強大的冰和火魔法？
先冰再燒
那種離譜的事，連不是魔法使的我都知道不可能。
雖不能否認有人辦得到。
但將屬性相剋的魔法都練至高階，必定是不亞於聖騎士的天才。

弗雷克若有此等實力，到首都當王室魔法顧問都沒問題。
更不可能在逮捕紅伯爵之前都是沒沒無聞的巡警。
德布西警長，
就算你講得頭頭是道。
文風不動
無法證實弗雷克有犯案能力的話，一切都是空談。
的確很少有人同時精通屬性相剋的高階魔法。
但同時用高階的冰和火魔法，
其實不難喔。

小道！
來了！
喵～★
什麼!?
小……
躂躂躂躂

小白——!!
媽媽擔心死了!!
夫…夫人，
您先冷靜……
小白寶寶寶寶
……
夫人您這樣小白會嚇到的……

哼咳！
你挑這個時候帶小白過來，是希望我答應什麼要求嗎？
是的。
可以請您命令弗雷克局長，為我們表演魔法嗎？
就算是總督閣下的命令，
我也不可能憑空使出不曾學過的火魔法喔。
不是的。
請您表演最擅長的冰魔法吧，
就在這邊立一道冰柱如何？

……？
雖然不懂意義何在，你就做吧。
是。
請等一下。
弗雷克局長，
你施法前似乎總有把手放在胸前的習慣？

不好意思，不這麼做的話我會無法好好控制魔力。
我懂我懂。
畢竟魔法是很纖細的技術嘛，有點手癖也是很正常的。
那就請你解開胸前的釦子，
證實沒有使用任何魔法道具，
再使用冰魔法吧。
哼，這麼回事啊。
弗雷克，讓他看吧。

……
弗雷克？
龍結晶。
最強大的魔法增幅石，
是上位魔龍心臟的主要構造。

我們的大英雄弗雷克，
不就正好是個屠龍者嗎？
你說什麼？
局長獵殺的可是火龍……
!?
不好意思啊，弗雷克。
我到你辦公室借了這個。

閣下。
這隻紅色腳爪的主人——
赤焰亨吉斯特，
就是一條冰屬性的赤冰龍！

一般火龍腳爪是彎曲的，
但這隻腳爪是適合在冰面上行走的扁平狀，
這是冰龍最顯著的特徵。
冰龍為什麼叫這種名字？
這就要問魔王格因了。
另一條魔龍——閃芒霍薩的名號也是他取的，
大概是他的興趣吧。
小白不也是隻黑貓嗎？

等等，
為什麼你知道
魔龍名號是
魔王取的？
閃芒霍薩
本人說的。
他就住在
紅葉森林裡。
帕加馬境內
有一條魔龍
!?
他不會造成
立即性的危險，
請容我稍晚向
閣下詳細匯報！

局長是有龍結晶才能用冰魔法……
不就只是這樣嗎？
他是屠龍者、帕加馬的英雄，
這些不會因為魔力是借來的有任何改變……
啊抱歉，
你沒抓到重點。

他和家人討伐了一條冰魔龍。這不就代表——
弗雷克是優秀的火魔法使嗎？
無論冰還火，兩種都不會，根本不可能去屠龍吧？
還是你連屠龍者的名號都是假的？

究竟是「什麼魔法都不會的無能者」，
還是「和紅伯爵一樣高強的火魔法使」。
你就挑一個承認吧，
弗雷克局長。
你還有什麼話要說嗎？

你究竟要汙辱人
到什麼地步!!
局長他……
局長明明也是
紅伯爵的
受害者啊！
你竟指控他用
仇人手法殺人？
你這評鑑只有一見
的廢物魔法使，
憑什麼說別人無能!?
局長沒強大魔力
卻爬到高位讓你
很忌妒吧？

還有尤金，你老年癡呆了嗎？
局長可是在你逃跑後幫你報了妻子的仇啊！
你還和外人一起給局長潑髒水！
果然二局沒一個好東西，
你們這些人不配當警……
噗！

抱歉抱歉，我實在忍不住了。
你也有同感吧。
一直聽蘭多夫發表他的癡心妄想而不發笑實在很難。
局…
局長？

德布西警長，
若我今天裝傻到底，你打算怎麼辦？
你不會的。

像你這種為了名聲與權力而喪心病狂的人，
怎麼可能甘願被當作無能的騙子。

最後一個疑點，
這位新紅伯爵無論犯案手法、還是犯案記號，
都與八年前如出一轍。
我們以為紅伯爵的魔力恢復了。
但不是有個更簡單明快的解釋嗎？

紅伯爵——
連環殺手選擇獵物或放過獵物都必然有其規律，就連紅伯爵也不例外。
唯一目擊紅伯爵卻沒死的是個孩子，
新的倖存者是來自地伏列王國的旅人。
是另一人刻意製造更多死者。將他從瘋狂但有其執著的殺手——
變成無法預測、沒有標準可言的「天災」。
從一開始就是兩個人。
為了仕途與名聲、
為了擾亂搜查方向，
連自己和同袍的家人都能夠冷酷殺害。

弗雷克局長，
你從八年前——
就已經是紅伯爵了！

小小的馬兒，你從哪裡來？
我從天空、海洋、森林而來。
小小的馬兒，你往哪裡去？
我往沙漠、荒野、
廢墟裡去……
FILE:16
紅伯爵

傑特！
傑特你看，笑臉。
你最喜歡的笑臉。
傑特……
說多少遍了我不是你兒子！

你也是、父親也是，
開口閉口都是傑特。
魔力強又怎樣！被捅一刀還不是得死！
我在甘布尼亞混得夠爛了，
傑特……
還得花力氣照顧你這個廢物！
傑特……在哪裡？
小小的馬兒你在哪裡？
小小的馬兒……

媽的。
居然跟我跟到這裡，
被人知道我有個瘋子叔叔就真的別想升遷了。
鄙視暗系魔法、連瘋子都來去自如，
甘布尼亞果然是個爛地方。
又不能通知父親來接人。
他一定會把龍結晶搶回去。
焦味——

你又在搞什麼東西！
咚！
原來不是畫，是用魔法燒出來的。
小時候他的確帶我們做過練習。

雖然瘋了，
對魔法的控制力
卻沒退步是嗎？
但也就這樣了。
昔日的「災炎」
如今也……
咚！

啊……

啊啊……

我是你的傑特。
傑特…
我的傑特……

是甘布尼亞人
把我殺掉的。
啪
爸爸。

你要替我報仇，

殺了我、

燒毀家裡，

讓我們失去一切。

爸爸。

全部、

全部都是甘布尼亞人
的錯。

是傑特……
笑臉……
哈……
傑特……
哈哈哈……
傑特喜歡笑臉。

你贏了，
德布西警長。
八年前——大概一半的人，以及這次五名受害者，
都是我殺的。

弗雷克……為什麼？

為什麼？

我明明有這麼強大的魔法，幹這麼多年卻還是個巡警，
你問我為什麼？

然而成為一座城市的警察局長還不夠，
你還想要更大的榮耀。

你打聽到魔龍閃芒霍薩住在紅葉森林……

慢著！
你要我們找的是魔龍嘛！

這和說好的不一樣啊，你想拿我的獵人當砲灰嗎？
早知道我就不幫你…
嗚！
幫你在農莊製造牲畜被害案，
好讓獵人公會有理由大肆進入森林搜捕對吧？

手法很簡單。
站在遠處用鬥氣斬攻擊牲畜就行了。
反對獵人進森林的龐馬，就成為你的眼中釘。

沒辦法啊。
放任那老頭鬧，天知道公會何年何月才找得到龍。

就為了這種理由殺了六個人⋯⋯

紅伯爵到底是誰？
你是怎麼利用他的？

關於這個啊。
也對，諒你再厲害也推理不出這種事情。

他是我的叔叔、
魔法師傅。
是個因為兒子被殺害而瘋掉的可悲傢伙。

畢竟是親戚，我長得和他的衰兒子有點像。
只要用奧多斯維亞語和他說話，就能輕易讓他言聽計從。

是我讓那個老廢物在人生最後找到一點新方向，
他應該很感謝我吧？

弗雷克！
你這畜生！
這是人能做出的事嗎？
大師！
等等……
你連自己的家人……
就連……
家人？
家人又怎麼了？

那個老東西從小就瞧不起我，
還拎著一家子跑來壞我的事，
死有餘辜！
尤金，別把你老婆的死怪在我頭上。
我對他的命毫無興趣。
別叫他到車站接人不就好了？
這都是你愛管閒事的報應！
弗雷克！

你這渾蛋！
他是故意的，別被挑釁！
這場鬧劇該結束了。
逮捕我吧，德布西警長。
這裡你最有資格。

站在那別動。
等魔力抑制手銬送來，我會請總督閣下允許我親自給你戴上。
增援和手銬很快就到。
現在所有人遠離弗雷克。

最後能告訴我一件事嗎？
你怎麼比我更快找到閃芒霍薩？

發現龍的是被你殘害牲畜的農家。

你不但當法師無能，
連找東西都輸給八歲小女孩——
路希！
家裡有八歲女孩的被害農家…

Oscuramame
噬命黑焰

路希！
一起燒成焦炭吧！
!!

沒有延燒？
臭小子，歌姬的守護結晶在你手上對吧！
那娘們今天戴了其他款式的項鍊…

很驚訝嗎？你這沒人愛的可憐蟲。

啊，我來之前和愛達借了項鍊。
畢竟要和紅伯爵對決
本來想偷塞進你衣服的，
但我手沒那麼靈巧，找不到機會……

為什麼!?

躂躂躂
躂躂躂

躂躂躂
躂躂躂
躂躂
躂躂
躂躂躂
躂

你已經失敗了。
不要再做無謂掙扎。
失敗？

你說我…
失敗？

有件事你說錯了，德布西警長。
我要的不是名聲或權力，
而是力量，無與倫比的力量！
我已經擁有最高級的冰霜之力。
再拿到火焰的龍結晶會如何呢？

我會超越大魔法師尼因哈瑪——不，
甚至超越魔王！
到時候名聲、權力、財富，
都只是我強大力量的附贈品！
要達成這項偉業，
別說四人，
二十人、
三十人、
就算犧牲你們全部——

都是值得的。
在我回來前，顫抖地思考如何取悅你們的新王吧！
帕加馬！
哈哈哈哈哈
哈哈哈哈

混帳東西。
好硬！這就是強大魔力結成的冰嗎？
能用鬥氣破除冰塊，可是太慢了。
啪哩
啪哩
咦？

為什麼你可以？
一言難盡。

磅嗙嗙

路希，你留在這幫其他人脫困。
我要趕緊去追弗雷克。
你獨自去？

我需要你替援軍帶路。
他殺了霍桑大叔就完了。
我得拖慢他的腳步。

放心，我可不像你。
沒幾個備案是不會衝進龍穴的。

拿去。

你會用劍吧？

記得還我。
當然。

等一下！

叩叩
這麼晚了誰啊？
晚安。
請問艾美在家嗎？

艾美？
弗雷克局長說她是目擊證人，需要她幫助。
艾美一聽到能幫助別人就答應了。
不愧是我孫女。
慢了一步。
駕!!
喂!!
FILE:17
小丑與英雄
你們兩個，
那是森林的方向！

霍桑叔叔……

嘖！
呀！

動作這麼大沒關係嗎？
不要！！
傷到這孩子怎麼辦？
這股魔力的氣味……
你手上是亨吉斯特的心臟。
沒錯，與老友重逢心情如何？
你們這些龍不過就是大了點的蜥蜴，
魔力對你們來說太奢侈了！

交給真正應得的主人才是你們這些蜥蜴的使命！
我會超越你、超越魔王、成就前無古人的霸業！
這才是擁有力量者的義務！
把搶來的華服披上，
就真以為自己是個貴族了嗎？
哈。

強大的人類、
弱小的人類、
我都見過不少。
而你，
不但弱小，
還可笑。
區區畜生，我看你能嘴硬到什麼時候——

!!
嘖！
唉呀，這不是德布西警長嗎？
虧我好心留你一命，居然還追到這裡。
你是特地來觀賞我屠龍嗎？

唔……
果然，和那時一樣。
他不是用魔法而是用某種魔道具。

他拆解冰塊很快，還以為是隱藏實力的強大魔法使。
看來是我多慮了。
龍結晶的魔力幾近無限，看你有多少道具和我…

咦？
躂躂躂躂
别想跑！

停住
!

你……
可以了，霍薩先生！

幸好這小子有精靈血統，我多少手下留情了。
什麼「多少」，明明是超級大放水！
他如果拿出真本事，我和路希連渣都不會留下！
哼哼哼……
哈哈哈哈哈哈！
蠢蜥蜴！守護結晶在我手上，你休想傷我一根寒毛！

豈有此理……
你到底用了
什麼魔法!!

唔！
這不是魔法…
!!
他把我的冰，
裹上鬥氣！

休想！
你一個戰士
卻裝成
魔法使？
這有
什麼意義！
我原則上是
魔法使喔。

和魔力相比，我的鬥氣總量根本不值一提。
而且因為體質，我鬥氣輸出就和魔法一樣，只有最低限度。
這是我能鑽研出以自身的能力，造成最大殺傷力的技巧了。
也多虧了你，用龍的魔力做出極度堅硬的冰，
攻擊效果才這麼好。
你在愚弄我嗎！
如果你鬥氣這麼弱，
不可能瞬間拆解我的魔法！

的確呢，
若想拆解魔法，就得使用鬥氣，或屬性相剋的魔力，
量愈大愈快。
但如果兩者並用呢？
裂開
裂開

在魔力中混入鬥氣，就算量不大，
照樣能快速拆解任何魔力凝結出的物質。
開什麼玩笑！
同時使用鬥氣與魔法，
這種事怎麼可能辦得到！
這是祖傳秘方，可別偷學喔。

你是他的孩子吧。
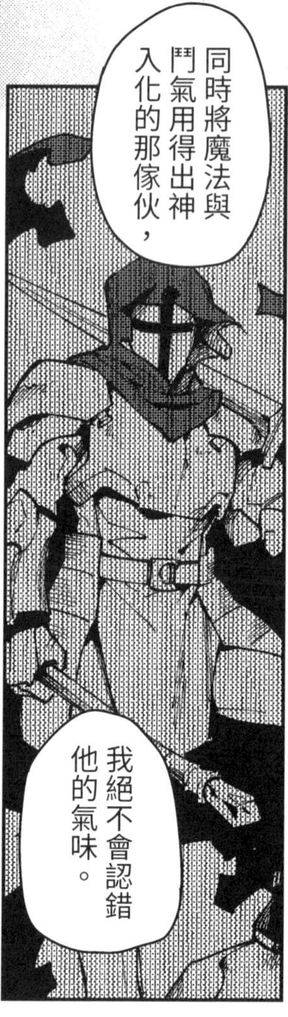
同時將魔法與鬥氣用得出神入化的那傢伙，
我絕不會認錯他的氣味。

好啦，弗雷克，
就算火焰對你無效又如何？
你是想燒死一條火龍，還是和他打肉搏呢？

……我還差得遠啦。

投降吧，
你完全沒勝算。
德布西……

不如我們聯手吧？
咦!?
我都調查過囉，
你在王城總局的名聲很不好吧？

明明是正確的，
卻因為天生的才能差了一點，大家瞧不起你。
沒有人相信你。
你不覺得委屈嗎？
明明是貴族，
卻因為運氣不好生錯家族，注定一輩子被當小丑看待。
沒有人會尊敬你。
你不覺得不公平嗎？

你被有限制的體質束縛，卻還是能將其發揮到極致。
難道就沒想過如果得到真正的力量，
你會多強大嗎？
和我一起幹吧，德布西！
幫助我殺掉這條龍，他的心臟就歸你了！
有了絕對的力量與智慧，
先是征服帕加馬、
再來是這個國家，
整個大陸都將為我們的強大而顫抖！
那些瞧不起我們的人，
都將哭倒在我們腳下乞求寬恕！

如何？很不錯的景象吧？
嗚哇——艾美你聽，
那個叔叔的夢想是征服世界耶，
都是大人了丟不丟臉啊？
丟臉！
弗雷克啊弗雷克，
我本來認為你是個邪惡又狡猾、毫無破綻的傢伙。
沒想到你比我想像得可悲多了。

我們的願望的確有相似之處。
只不過我想要的東西，
而你，
一個徹徹底底的冒牌貨。
對騙來的羈絆與愛戴棄若敝屣，

這座城市已經給我了。
醒醒吧，你是個比我還可笑的小丑，
以為擁有力量就能換來更多。
永遠不會有人瞧得起你！

德布西

消散

切！

停！霍薩先生！停！
要被悶熟了！

融化的速度比不上再生的速度呢。
用我的方法拆解也一樣。
不想聽我說教就把自己整個凍起來，和亨吉斯特那小王八蛋一模一樣。
踹共啊
鼻要
弗雷克到底想幹麼？
怕被霍薩殺掉，想躲到總督帶兵來為止嗎？

……
那個……
弗雷克先生是不是……
離出口愈來愈近了？
蔓延
消退

FILE:18

聖騎士

弗雷克……
在移動？

用這種狀態!?

如何？到另一頭包夾他嗎？
等……等一下，
雖然這個狀態很好笑但其實有點棘手。

輕率地兵分兩路，
他改變冰的形狀將我們分開就危險了。
我和弗雷克單挑是毫無贏面的。
那我們全都到外面去，把他關在洞裡呢？
洞裡……
洞的深處並非死路，常有矮人或地侏從小通道冒出來。
他很可能就此消失。

人類隨便進地底種族專用的通道…
就算是弗雷克，也只會變成再也找不到的屍體吧。
雅迪…
等一下！
愛達…
你你你你的裙子！

嗯？
我只有裙子被凍住，撕開就逃得出來了。
沒想到你手勁還滿大的⋯
不對，你出來幹麼？
我絕對不允許爸爸的護身符落入惡人手中，
請你帶我一起去搶回項鍊！
！
我的項鍊被拿走了對吧？

放心吧，我不會讓他溜走的。
歌姬出借給二局的項鍊，
我會負起責任交還到你手上。
沉住氣……
我還沒輸，還沒結束！

哼，傷口根本不深，
差點被唬住了。
當初隱瞞魔龍的事是方便我獨吞龍結晶。
若是有危險的魔獸，是不是該通知總督⋯
在確定其真身前，我不希望造成恐慌。
說得也是！局長深謀遠慮！
既然現在和帕加馬翻臉，就沒什麼好顧慮了。
那個小心眼的男人不可能容許自己的城市旁有一條龍。
我就藏起來養精蓄銳，等你們鬥到兩敗俱傷，
再來奪回屬於我的一切！

弗雷克，這是最後機會。
交出龍結晶和守護結晶，
否則你會死的。

你就繼續虛張聲勢吧。
連龍熄都奈何不了我，
你又能幹什麼？

既然魔力贏不了你，
那就只好用鬥氣突破了。
鬥氣？
你以為你是聖騎士還劍聖嗎？
聖騎士？啊……

的確要做到他那種地步才行呢。
可惜我是他的劣質贗品，
值得欣慰的是，我的魔力量很大。
可以同時使用鬥氣與魔力，
但輸出都是最低等級。
至於鬥氣嘛…
你到底想說什麼？
王城總局並沒有我鬥氣評級的資料吧？

我有做評鑑但沒提交呢。
畢竟這份成績在實戰中毫無用處，跟詐欺沒兩樣。
什……
想提高輸出，是有方法的。
集中全部鬥氣，一口氣放出去就行了。

單單這一瞬間，
就算是半吊子的我——
也做得到和

聖騎士
那個人一樣的事！

裂開

雅迪!!

你怎麼了!
受傷了嗎?哪裡會痛?
我該怎麼做!
我沒事…不要在…耳邊大叫…
專業人士的音量真不是蓋的。

我只是用完鬥氣而已,躺個三天就恢復了啦。
原來如此。

輸出只有一和一百能選,
用完就會動彈不得,
很遜的能力吧。
所以我才寧願當個魔法使…

你是我見過
最帥的警長！

幫你呼呼痛痛飛走
接下來…在這裡等路希帶人來嗎？
只能這樣了，我現在一根手指都動不了。
大腿比想像中硬…
雅迪…
怎麼了？
你難道…不是羅蘭先生的孩子嗎？
我是喔。
那聖騎士是……？

聖騎士——
是我母親。
咦——!?
啊…耳鳴了。
他很強，
作為貴族守護自己領土、
抵擋魔族入侵。
但作為女性無法進入騎士團、
也可能無法繼承家業。

因為太不甘心，
就隱瞞性別加入
討伐魔王小隊。
之後就是你
知道的了。
那為什麼……
嫁給羅蘭先生？
感覺是沒有
交集的兩人
當時我爸作為
藝工隊去負責
勞軍和補給。
聽說在戰場
上一見鍾情。
畢竟我那臭老爸
就只剩臉好看
這個優點嘛。
戰爭結束後
問題就來了。
聖騎士是女的——
這個真相會動搖
很多東西吧？
例如女性不能
當騎士的傳統，
很多軍人世家
更是覺得顏面
掃地。

於是我媽為了和老爸結婚——
或說為了掌握自己的命運，和王室談條件。
他用隱瞞身分當代價，讓王室支持他們的婚事。

難怪…聖騎士明明立了這麼大的功勞，
卻沒有封地也沒娶妻，只待在王城培育騎士…
要是太高調，很多事就瞞不過去了嘛。
如果他當年選擇公開身分、利用自己的影響力，
說不定現在女性就能當騎士了吧？
但相對的，我媽會被捲入一大堆麻煩的宮廷鬥爭、
或被一票衝著「聖騎士天賦」的大貴族逼婚，
我就不會出生了。

聖騎士…令堂，就這麼決定永遠隱瞞真相嗎？
怎麼可能，別忘了我爸可是那個白臉羅蘭喔。
不會放過讓貴族難堪的機會
我覺得他們夫妻倆只是在等待最佳的時機。
我爸不只一次說過，要讓這個真相成為他演藝生涯中「最棒的玩笑」。
你可別說出去喔，
那傢伙最討厭別人破他哏。
我不會的。

而且我覺得，
令堂不是因為羅蘭先生的長相才想嫁給他的喔。

為什麼你會嫁給爸爸啊？

唉呀，爸爸不好嗎？
一點都不帥啊，
只會跳舞和耍寶像個笨蛋一樣。

我曾經認為，
夠強大就能守護一切。
但戰爭告訴我，
太多東西，
是無法靠「強大」去守護的。

但你爸爸做到了。

他守護了包括
我在內的大家。

誰知道啦……
躂躂躂
雅迪！

呃！
……打擾了。
你怎麼了？發生什麼事？
一言難盡。
總之告訴大家霍薩打倒弗雷克就行了。
嗚哇！

真……真的是龍！
嗚哇……
龍耶……

今天太熱鬧了吧。
龍會說話！
總督閣下，這位便是閃芒霍薩。
他從大戰期間就一直遵守著與聖騎士的約定不危害人類，
今日更是從弗雷克手中保護了我們。
可否請您給他、給帕加馬一個成為彼此友善鄰居的機會呢？
……就算我個人願意，
也沒有用。

維繫我等文明社會的基礎。
紅伯爵的真相必須大白天下。
但這等於承認閃芒霍薩在帕加馬的事實。
一旦將這些寫進判決書，
很快就會傳入有心人耳中。
屆時打著「討伐魔龍」旗幟的人們會蜂擁而至。
我，梅納男爵作為王室的劍與人民的盾，
沒有立場阻止他們。
就算攻擊並非由帕加馬發起，
敢問那時候的霍薩閣下，
還能將帕加馬當「好鄰居」看待嗎？

哼，人類
就是不甘於
好好活著。
你們的小腦袋瓜
就愛把事複雜化。
算了。
在我收過的搬家
請求中，你還算
有禮貌。
霍桑叔叔
要搬家嗎？
畢竟我
年紀大了，
要是有成堆
小傢伙衝進來
上竄下跳會很
困擾啊。

雖然教訓挑戰者很有趣，
但那些傢伙也會到小艾美家附近晃蕩，你媽媽會不開心的。
感謝您的體諒。
我會盡我所能壓制消息好替您爭取尋找新居的時間。
免了，我要走就馬上走，不會再回來了。
總督閣下！

我愛達・戈登・拜倫，提出臨時動議！
請讓霍薩先生——
成為帕加馬的榮譽公民！
!!
?
只要滿足資格並有三位公民附議，就能請總督裁決是否授予公民權。
榮譽公民的授予資格其中一條是這樣的——
拯救帕加馬公民生命與財產，情節重大者。

我在此附議，霍薩先生有資格成為帕加馬榮譽公民！
還有其他人附議嗎？

等等…榮譽公民沒有種族限制嗎？
沒有喔。畢竟這裡是廣納各族共榮的異人之都嘛。
漏洞啊!!
路希安・因格朗附議。
那…雅迪妮斯・德布西附議……
等等我的戶籍還在王城！
跳躍

!??
Oscuramame
黑色的火焰！
弗雷克還活著!?

你們……
竟敢……
所有人都瞧不起我……
法師！
去死
去死
去死
去死
去死

你們全都給我……
怎麼回事！
蔓延
停下來！快停下來！
蔓延
那是…？
剛才龍結晶被打出裂痕，魔力爆走了吧。

這是我的！
不可能！
我的力量！
停下來啊啊啊啊啊啊啊啊！
這個末路，
對企圖掌控不匹配力量的愚蠢之人來說，
再合襯不過了。

這下他永遠都無法從冰塊中逃出來了。
畢竟連我的龍息都沒轍嘛。
?

唉⋯⋯
多了毫無品味的雕像，這裡真的沒法住了。
艾美別看對眼睛不好
?
不。
請您留下吧，霍薩閣下。

我附議。
「閃芒」霍薩閣下，
我──梅納男爵，依據國王與市民賦予我的權力正式提出邀請，
是否願接受帕加馬榮譽公民的頭銜，成為這座城市的一分子？
FILE:19
攜手共進的未來

如果接受，閣下便須盡公民義務，在帕加馬遇險時挺身而出。
相對的，無人能以任何理由「討伐」公民。
居住權也將獲法律保障，這是國王也不可動搖的權利。

請恕我剛才沒想到這個作法，
身為異人之都的總督，我的眼界還不夠開闊啊。
哈哈哈哈不錯不錯！
想要我替他打仗的傢伙多如牛毛，
但想「保護」我的傢伙還是第一次遇到。

你就是所謂的「貴族」吧？人類中特別了不起的。
老實說我對那些打扮得金光閃閃的小人印象很差，
你倒是讓我有些改觀了呢。
呃…我的榮幸？
讓我改觀的貴族這裡也有呢。
各種意義上。
囉唆！
也就是說，霍桑叔叔可以來我們家住囉！
我要請爺爺幫霍桑叔叔蓋一個大──房子！
龍耶…
真的假的…
我要和住王城的姪子炫耀
你阿叔和龍當鄰居

……這樣好像
也挺有趣的。
!!?

一週後

叩叩
雅迪，你醒了嗎？

你可以下床了嗎？
嗯，睡得夠久了。
體虛後是重感冒，我還以為要死了⋯
被冰弄得濕答答的貼身衣物
沒事我就先回家囉
設想不周的我也有不對⋯⋯
當時也找不到適合幫你換衣服的人

既然你終於痊癒了——

嗯？魔石
聚光燈？
把全部事情
從實招來。

所以你媽是聖騎士、
你能同時用魔法與鬥氣，
把弗雷克打成重傷的也是你。
差不多⋯
就是這樣吧。
我到底該從哪裡開始吐槽⋯⋯
你是拿聖騎士當標準才認為自己沒用嗎？
真的很廢啊！用了就會昏倒的大招能幹麼？
拆解魔法呢？那是顛覆常識的大發現啊！
公開一個只有我們母女能用的技巧只會被沒完沒了找碴好嗎！
算了，
你們這些有特殊才華的人就是會活得比較複雜吧。
？

接下來換我了。
亨特被捕了，
獵人公會應該不久就解散了。
因為牲畜謀殺案嗎？
沒錯。
亨特還說弗雷克幾乎是獵人公會幕後老闆，他只是奉命行事。
但不排除是脫罪之詞啦。

市政府也總算願意正視反獵聯盟的訴求，
很難說值不值得，但至少龐馬老伯的努力沒有白費。
嗯…

那一局呢？
最近是有遇見一局的人啦。

我們可是菁英！這樣的氣焰完全消失了。
萎靡到連我都覺得有點可憐。
這麼沮喪嗎？

畢竟之前的一局是弗雷克大型後援會。
如果是弗雷克有意為之，他真的很厲害⋯
去當演員早就紅了

那後援會的會長⋯⋯
蘭多夫請了長假在家修養，其他我就不知道了。

至於局長空缺嘛⋯
這次一定要讓總督看看我的好
反正輪不到派斯局長就是了。
全世界只有他覺得自己有機會

然後總督公布了，
「魔龍擊敗紅伯爵。他身為帕加馬恩人，將獲得榮譽公民身分」
市民反應如何？

超酷的
龍耶！
居然是龍耶！
我沒見過龍耶！
不愧是異人之都。

新家的選址也決定了，很快就會動工吧？
真的要蓋喔！

沒有真的蓋在艾美家旁邊啦。
這地不錯挺清幽的
地處紅葉森林外圍，市議會批准工程了。

聽到給龍蓋房子，很多矮人工匠都躍躍欲試呢。
我們親戚也有人參加喔
工程費不是小數目吧？市政府出錢嗎？
錢是霍薩大叔自己出的。
年輕時蒐集的破爛自己拿吧
這花瓶是金的！
這是…百年前滅亡古國的錢幣！
原來真的有龍穴寶藏啊！
叩叩
時間快到囉！

雅迪趕上了！恭喜！
什麼東西？
有件好事，
本來想說你還下不了床就沒和你說。
收穫祭先前出事，愛達和團隊決定再辦一場感謝演唱會。
這次我們萬事科全員都被招待了貴賓席喔。

Hell♥

Pergam

今天我想坦白一件事。

其實我是個膽小的人。
不像大家稱讚的那麼有勇氣。
我知道，勇氣的面貌有各式各樣。
我可以害怕上台、害怕失敗、
害怕想要傷害我的人。
這些只要哭過再重新站起來就好。
但我作為歌手、作為「帶來勇氣的歌姬」，
卻因為膽怯，
在一件不被允許的事情上騙了大家。

這個真相並不讓人開心，
可能有人會覺得為什麼不隱瞞到底。
但我無論如何不想辜負大家給我的稱號。
「歌姬愛達」可以是假的。
但我是為了能夠成為某些人的勇氣才站上舞台。
只有這件事，
我絕對不會——
讓它成為謊言！

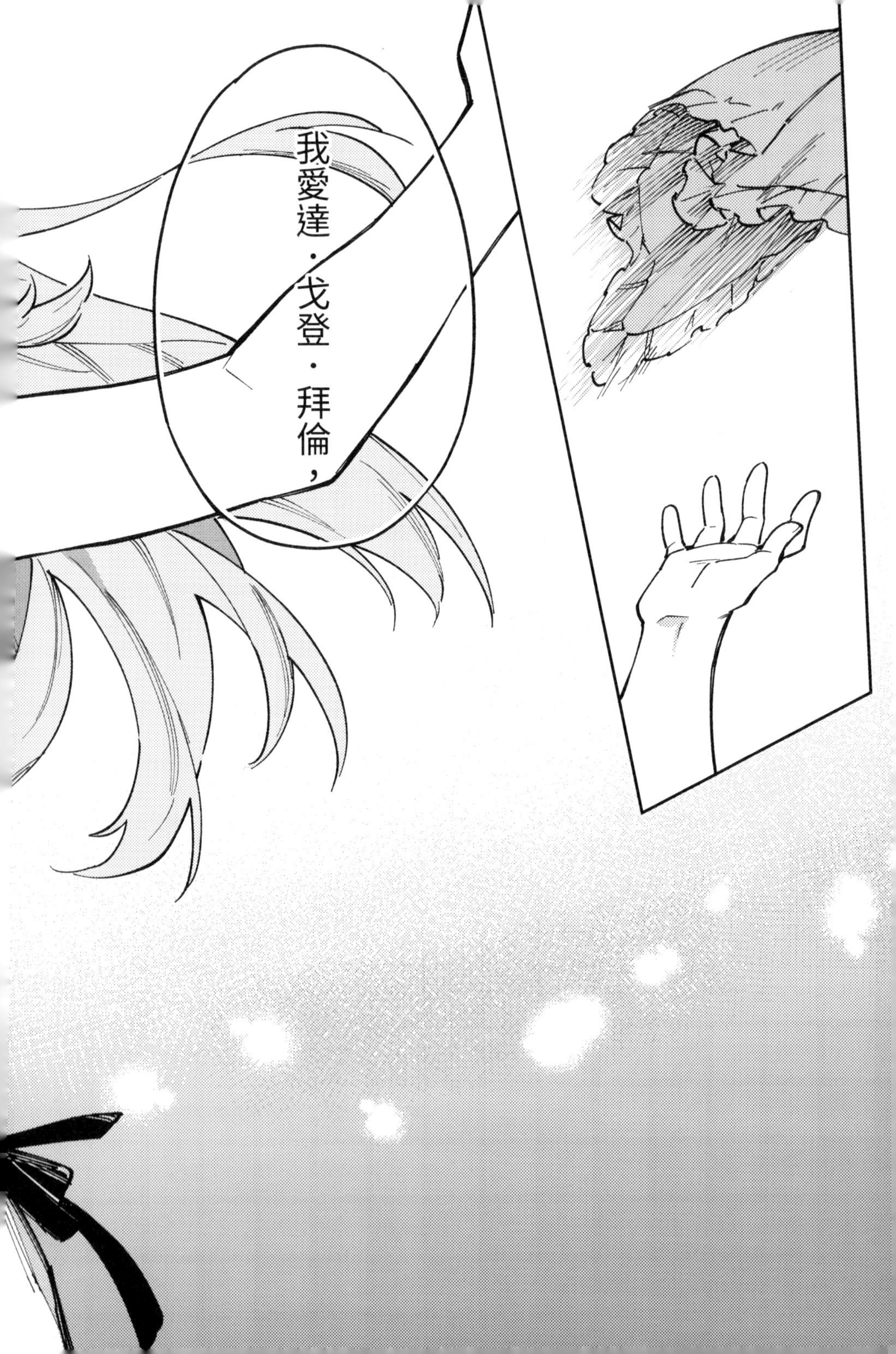
我愛達・戈登・拜倫，

是男生!!

你知道？
你不知道？
為什麼我會知道？
你識破米切爾、看穿弗雷克、
可是看不出愛達的性別？
你女孩子的第六感呢？
我會推理不代表我會通靈！

那麼…
今天就…

安可！
安可！
安可！
安可！
安可！
安可！
安可！

安可！
安可！
安可！
安可！
安可！
愛達我愛你！
安可！
愛達！愛達！
男的也好不會⋯誰打我！
安可！
安可！

那麼，今天的最後一首！

Q：愛達的事件
你怎麼看？
沒差吧？
誰分得出
人類和精靈
的性別啊。
人類、
看起來、
都一樣。
你們才
一樣。

愛達本來
就是男生啊。
我不太懂
爭議點
在哪耶？
怎麼看都是
男生啊
歌姬？
那只是人類的
形容詞吧？

請繼續穿女裝！
女裝很棒！
至少別
剪頭髮！
長髮美男是
稀缺資源！
我倒想
看看男裝！
可以的話下次
請做一日執事
的企畫！

歌…還是
很好聽啦…
歌……
原來我在房裡
貼滿了男人
的海報…
如果要出清
週邊的話
可以給我喔。
你不會
想要的。
噯!?

以上是帕加馬日報問卷調查。

不是沒災情啦，但……
輿論不算太差……
吧？

小道你的想法呢？

可愛還是可愛！
好喔沒救了。

其他城市的粉絲可能就沒我們這那麼寬容了。
這時候只能相信沒消息就是好消息吧。
王城的報紙有消息喔。
其實早在得到聖頌祭冠軍時，愛達就希望公開性別。
「我想證明就算是男性也能完美唱出聖訟曲！」
什麼意思？

我問過母親，
原則上唱得出聖訟曲都可以參加聖頌祭，
但音域很高又難，只有精靈女性進得了決賽。
原來選「歌姬」是甘布尼亞的特色啊。

總之，
愛達以男歌手出道的想法遭貴族和商人贊助商強烈反對。
「國民歌姬怎麼可以是男的」，
「甘布尼亞人才不想聽男人唱歌」。
但這份聲明，等同和贊助商翻臉了吧？
真讓人擔心。
男歌手是比較稀有但不至於這麼惹人嫌吧？
就算是聖頌祭冠軍也無法給贊助商破例的勇氣呢。

怕什麼？想贊助的貴族一定不會少啦，
這邊不就一個。
不是所有貴族都很有錢好嗎？
我爸是領死薪水的！
宮廷小丑可不能收門票啊。
啊，有雅迪爸爸的新聞喔。
嗚噁！
白臉羅蘭在貴族宴會上惡作劇。
男的被化上大濃妝，女的被黏上假鬍子。
怎麼做到的!?
他還寫了一首和不男不女有關的歌跟在那些人身邊唱個不停。
殺人誅心!!

那些被整的貴族，近期都公開嘲笑過愛達的樣子。
你爸好強啊。
……
嗯。

各位早安啊！
砰

都下午了。
唉呀，別計較這種小事！

雅迪啊，總督府來公函囉。署名給你！
咦？

是總督頒發給──
在事件中特別活躍的警長的特別獎勵！

那個嘛，你不是說自己在總局是少年科的嗎？
王城重要人士向總督表達，
你對遏止青少年犯罪特～別有熱情！
總督就下令增設青少年犯罪科啦！
不過你知道嘛，二局要啥沒啥，
所以！
以後我們就是——
魔法罪行及嚴重罪案科暨內務二課兼人事科與少年犯罪科！

就只是工作平白無故又變多了嘛！
王城重要人士該不會是…
那個臭老爸!!

伊莉沙……
可以安心了，
一個有前途的年輕人替你報仇了。
我八年前好像也這麼說過？
太丟臉了。
你在那一頭一定尷尬到不行吧？

但這次真的沒事了。
我也不急著退休了。
倒不是年輕人需要我照顧，
我相信不管遇到什麼危機，他們都能處理得很好。
正因如此，我想留下來見證——

帕加馬的未來。
-FIN-

~~FILE:~~ Extra：3

不同的色彩

直到十歲，
我都不覺得自己和別的小孩不同。

今天要去哪裡玩啊？
阿祥的哥哥要帶我們去很酷的地方！
真的嗎？
不要，我才不要跟女生玩！
女生麻煩死了，還動不動就哭！

我是男生喔。
老師說愛達是男生喔。
屁啦，那你幹麼穿裙子？

我也有穿褲子啊。
矮噁！變態！
居然自己掀裙子！羞羞臉！
我們才不和變態一起玩！
羞羞臉！
變態！
變態！羞羞臉！

爸爸！
怎麼啦？今天不是要和同學出去玩嗎？
因為我不像男生，他們不跟我玩。
你說什麼!?
豈有此理。
居然敢瞧不起我破岩戰鬼的兒子！

聽好了愛達，
這年紀的人類男孩就是猴子！
讓爸爸教你怎麼揍扁那些猴子！
成為猴王就沒人敢說你不是男子漢！
學校老師說，
男生不會留長髮。
如果我不把頭髮剪掉、
不會打架、
就不能當男孩子嗎？

呃…愛達，
吃水果囉～
你有小雞雞吧？
我不是那個意思…
垃圾

原來如此啊。
說我性騷擾自己兒子太過分了吧！
你年輕時什麼德性心裡沒底嗎？
嗚…
愛達啊，人類常說男生應該什麼樣、
女生應該什麼樣…
習慣？
你在精靈街看過很多穿得和媽媽差不多的叔叔對吧？
嗯！有很多我喜歡的輕飄飄衣服！
都只是習慣。

想像一下爸爸哪天穿了媽媽的衣服。
很不習慣吧？覺得爸爸一定腦袋出問題了對吧？
多久以前的事我不是已經道歉了嗎？
我當年喝多了鬧著玩的
對我來說就像昨天發生的事一樣喔。
長壽種族的記憶力是用來翻舊帳嗎！
所以…是我不對嗎？
做了人家不習慣的事情。
不是喔。

愛達，
你是青色的
蘋果。
你的朋友
不是討厭你，
他們只是被教導
蘋果都是紅色的，
不知道蘋果
有其他顏色。

等你長大，
一定可以找到不被常理所困，
能夠接受你擁有不同色彩的朋友。

好久不見。
你獨自上街沒問題嗎？
嗯？我不是一個人啊。
呃…你好？
這位是…

我是愛達先生的經紀人查爾斯。
當初決定隱瞞性別來巡演讓我很不安，
查爾斯說「不然我也穿女裝」，替我在公共場合吸引大家目光。
本分罷了。
愛達先生保養皮膚和頭髮的技巧令我獲益良多。

今天過來想告訴大家，
以後我的稱號就是帕加馬的愛達了！
怎麼回事？
已經歸還「國民歌姬」的稱號了，畢竟違反規定。
但我依然是聖頌祭得主，籌備好的巡演還會辦下去。
所以你要搬來帕加馬囉？
我在老家附近買了一棟小房子，弄好再請大家來玩。
那裡不是高級住宅區吧？沒安全疑慮嗎？
放心吧，信不信其他同僚照三餐跑去巡邏。
我就是怕這個。

既然不打算隱瞞性別……
不就沒必要變裝了嗎？
是啊。
遮喉結的領巾和假胸部統統不用戴了！
今天我完全是穿自己喜歡的衣服出門的！
是…是嗎？喜歡就好…
我就覺得是這麼回事。
……
雅迪，那個…

你會覺得……
我這樣的男生——很奇怪嗎？
我看起來有資格說你什麼嗎？

吸氣——
抱歉，路希。
我果然還是無法放棄。
以後我們就是競爭對手了，
一決勝負吧！

嗯？
咦？
等等！我才沒有……
愛達先生，接下來有贊助商會議……
這麼晚了！
我該走了，改天一起出來玩吧！

掰掰。
你們要比什麼啊？
你…跟你沒關係。
？
排擠我！
完——

附錄漫畫
（代替後記！）
那麼……
人類的王派你來監視我嗎？
言重了。
「閃芒霍薩開設了古代語講座，用保存文化作為對文明社會釋出善意的證明。」
我就這麼報告好了。
我只是想吃橘子罷了，你不如回去叫那國王多種點。

哈，我會向……
自豪吧。
你女兒不輸給你。
這可是閃芒霍薩的評價。
那還用說，我一直都是這麼認為的。
讓那孩子到這麼遠的地方來…我本來是反對的。
看來這次他又對了。
你的男人到底是何方神聖，我開始好奇了。
要我引薦一下也可以喔，如果你不怕被他當成題材的話。
完

NAZOMAN 43

大魔法搜查線 RESET 

作　　者／霖羯（漫畫家）、陳浩基（原案）
漫畫助手／姜君

首　　發《CCC 創作集》
企畫編輯／ CCC 創作集編輯部
責任編輯／張祐玟
製作／文化內容策進院

單行本製作
責任編輯／詹凱婷
行銷企劃／徐慧芬
行銷業務／李振東、林珮瑜

總 經 理／謝至平
榮譽社長／詹宏志
出 版 社／獨步文化
城邦文化事業股份有限公司
105台北市南港區昆陽街16號4樓
電話：(02) 2500-7696　傳真：(02) 2500-1967
發　　行／英屬蓋曼群島商家庭傳媒股份有限公司
城邦分公司
105台北市南港區昆陽街16號4-8樓
網　　址／www.cite.com.tw
讀者服務專線／ (02) 2500-7718；2500-7719
服務時間／週一至週五　09：30 ～ 12：00
13：30 ～ 17：00
24小時傳真服務／ (02) 2500-1900；2500-1991
讀者服務信箱E-mail／service@readingclub.com.tw
劃撥帳號／19863813
戶　　名／書虫股份有限公司
香港發行所／城邦（香港）出版集團有限公司
香港灣仔駱克灣道193號東超商業中心一樓
電話：(852) 2508-6231　傳真：(852) 2578-9337
馬新發行所／城邦（馬新）出版集團　Cite (M) Sdn Bhd
41, Jalan Radin Anum, Bandar Baru Sri Petaling,
57000 Kuala Lumpur, Malaysia.
Tel: (603) 90578822　Fax: (603) 90576622`
email:cite@cite.com.my

封面設計排版／高偉哲
印　　刷／中原造像股份有限公司
□ 2025年（民國114）1月初版
售價380元

 9786267609118 (第3冊：平裝) 9786267609088 (EPUB)

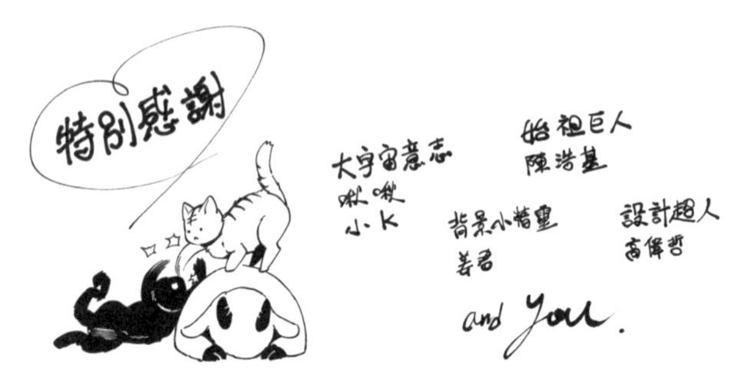